ORAISON FUNÉBRI
DE TRES-HAUT
ET TRES-PUISSANT PRINCE
HENRI
DE LA TOUR-D'AUVERGN
VICOMTE DE TURENNE,

MARÉCHAL GÉNÉRAL DES CAMI
& Armées du Roy, Colonel Général de la Cavalerie
Légére, Gouverneur du haut & bas Limosin.

*Prononcée à Paris dans l'Eglise de Saint Eustache le
de Janvier 1676.*

Par Monsieur FLÉCHIER, Abbé de Saint Severin.

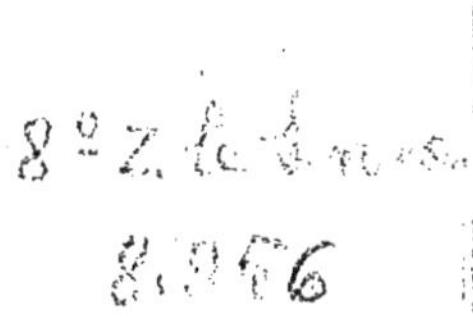

A PARIS,
Chez SEBASTIEN MABRE-CRAMOISY, Imprim
du Roy, ruë Saint Jacques, aux Cicognes.

M. DC. LXXVI.

AVEC PRIVILEGE DE SA MAJESTE

ORAISON FUNÈBRE.

Fleverunt eum omnis populus Israël planctu magno, & lugebant dies multos, & dixerunt: Quomodo cecidit potens, qui salvum faciebat populum Israël? *1. Mach. c. 9.*

Tout le peuple le pleura amérement; & aprés avoir pleuré durant plusieurs jours, ils s'écriérent: Comment est mort cét homme puissant, qui sauvoit le peuple d'Israël?

E ne puis, MESSIEURS, vous donner d'abord une plus haute idée du triste sujet dont je viens vous entretenir, qu'en recueïllant ces termes nobles & expressifs, dont l'Ecriture Sainte se sert pour louër la vie, & pour déplorer la mort du sage & vaillant Macabée. Cét homme, qui portoit la gloire de sa Nation jusqu'aux extrémitez de la terre ; qui couvroit son Camp du bouclier, & forçoit celui des Ennemis avec l'épée ; qui donnoit à des Rois liguez contre luy, des déplaisirs mortels, & réjouïssoit Jacob par ses vertus & par ses exploits, dont la mémoire doit être éternelle :

1. Mach. c. 3. 4. 5. &c.

Cét homme, qui défendoit les villes de Juda, qui domptoit l'orgueïl des enfans d'Ammon & d'Esaü, qui revenoit chargé des dépoüilles de Samarie, aprés avoir bruslé sur leurs propres Autels les Dieux des Nations étrangéres ; cét homme que Dieu avoit mis autour d'Israël, comme un mur d'airain, où se brisérent tant de fois toutes les forces de l'Asie, & qui, aprés avoir défait de nombreuses armées, déconcerté les plus fiers & les plus habiles Généraux des Rois de Sirie, venoit tous les ans, comme le moindre des Israëlites, réparer avec ses mains triomphantes les ruines du Sanctuaire, & ne vouloit autre récompense des services qu'il rendoit à ſa Patrie, que l'honneur de l'avoir ſervie :

Ce vaillant homme pouſſant enfin, avec un courage invincible, les ennemis qu'il avoit réduits à une fuite honteuſe, receut le coup mortel, & demeura comme enſeveli dans ſon triomphe. Au premier bruit de ce funeſte accident, toutes les villes de Judée furent émeuës ; des ruiſſeaux de larmes coulérent des yeux de tous leurs habitans. Ils furent quelque temps ſaiſis, muëts, immobiles. Un effort de douleur rompant enfin ce long & morne ſilence, d'une voix entrecoupée de ſanglots, que formoient dans leurs cœurs la triſteſſe, la pitié, la crainte, ils s'écriérent : *Comment eſt mort cét homme puiſſant, qui ſauvoit le Peuple d'Iſraël?* A ces cris, Jeruſalem redoubla ſes pleurs ; les voûtes du Temple s'ébranlérent ; le Jourdain ſe troubla, & tous ſes rivages retentirent du ſon de ces lugubres paroles : *Comment eſt mort cét homme puiſſant qui ſauvoit le Peuple d'Iſraël?*

Chrétiens, qu'une triſte cérémonie aſſemble en ce lieu, ne rappellez-vous pas en vôtre mémoire, ce que vous avez veû, ce que vous auez ſenti il y a cinq mois? ne vous reconnoiſſez-vous pas dans l'affliction que j'ay décrite? & ne mettez-vous pas dans vôtre eſprit, à la place du Héros dont parle l'Ecriture, celui dont je viens vous parler? La vertu, & le malheur de l'un & de l'autre ſont ſemblables, & il ne manque aujourd'hui à ce dernier, qu'un éloge digne de lui. O ſi l'Eſprit divin, Eſprit de force & de vérité avoit enrichi mon diſcours de ces images vives & naturelles, qui repreſentent la vertu, & qui la perſuadent tout enſemble, de combien de nobles idées remplirois-je vos eſprits, & quelle impreſſion feroit ſur vos cœurs le recit de tant d'actions édifiantes & glorieuſes?

Quelle matiére fut jamais plus diſpoſée à recevoir tous les ornemens d'une grave & ſolide éloquence, que la vie & la mort de tres-haut & tres-puiſſant Prince HENRI DE LA TOUR-D'AUVERGNE, VICOMTE DE TURENNE, Maréchal Général des Camps & Armées du Roy, & Colonel Général de la Cavalerie legére ? Où brillent avec plus d'éclat les effets glorieux de la vertu militaire, conduites d'Armées, ſiéges de Places, priſes de Villes, paſſages de riviéres, attaques hardies, retraites honorables, campemens bien ordonnez, combats ſoûtenus, batailles gagnées, ennemis vaincus par la force, diſſipez par l'adreſſe, laſſez & conſumez par une ſage & noble patience ? Où peut-on trouver tant & de ſi puiſſans exemples, que dans les actions d'un Homme ſage, modeſte, libéral, deſintéreſſé, dévoüé au ſervice du Prince & de la Patrie, grand dans l'adverſité par ſon courage, dans la proſpérité par ſa modeſtie, dans les difficultez par ſa prudence, dans les périls par ſa valeur, dans la religion par ſa piété ?

Quel ſujet peut inſpirer des ſentimens plus juſtes, & plus touchans, qu'une mort ſoudaine & ſurprenante, qui a ſuſpendu le cours de nos victoires, & rompu les plus douces eſpérances de la paix ? Puiſſances ennemies de la France, vous vivez, & l'eſprit de la charité chrétienne m'interdit de faire aucun ſouhait pour vôtre mort. Puiſſiez-vous ſeulement reconnoître la juſtice de nos armes, recevoir la paix, que malgré vos pertes vous avez tant de fois refuſée, & dans l'abondance de vos larmes éteindre les feux d'une guerre que vous avez malheureuſement allumée. A Dieu ne plaiſe que je porte mes ſouhaits plus loin ; les jugemens de Dieu ſont inpénétrables. Mais vous vivez, & je plains en cette chaire un ſage & vertueux Capitaine dont les intentions étoient pures, & dont la vertu ſembloit mériter une vie plus longue & plus étenduë.

Retenons nos plaintes, MESSIEURS, il eſt temps de commencer ſon Eloge, & de vous faire voir comment cét Homme puiſſant triomphe des ennemis de l'Eſtat par ſa valeur, des paſſions de l'Ame par ſa ſageſſe, des erreurs & des vanitez du ſiécle par ſa piété. Si j'interromps cét ordre de mon diſcours, pardonnez un peu de confuſion dans un ſujet qui nous a cauſé tant de trouble. Je confondrai peut-eſtre quelquefois le Général d'Armée, le Sage, le Chrétien. Je loüerai tantoſt les victoires, tantoſt les vertus qui les ont obtenuës. Si je ne puis raconter tant d'actions, je les découvrirai dans leurs principes, j'adorerai le Dieu des Armées, j'invoquerai le Dieu de la paix, je benirai le Dieu des miſericordes, & j'attirerai par tout vôtre attention, non pas par la force de l'éloquence, mais par la verité, & par la grandeur des vertus dont je ſuis engagé de vous parler.

N'attendez pas, MESSIEURS, que je ſuive la coûtume des Orateurs, & que je loüe M. DE TURENNE comme on loüe les hommes ordinaires. Si ſa vie avoit moins d'éclat, je m'arreſterois ſur la grandeur & la nobleſſe de ſa Maiſon : & ſi ſon portrait étoit moins beau, je produirois ici ceux de ſes Ancêtres. Mais la gloire de ſes actions efface celle de ſa naiſſance ; & la moindre loüange qu'on peut lui donner, c'eſt d'être ſorti de l'ancienne & illuſtre Maiſon de la Tour-d'Auvergne, qui a mêlé ſon Sang à celui des Rois & des Empereurs ; qui a donné des Maîtres à l'Aquitaine, des Princeſſes à toutes les Cours de l'Europe, & des Reines mêmes à la France.

Mais que dis-je? il ne faut pas l'en loüer ici, il faut l'en plaindre: quelque glorieuſe que fût la ſource dont il ſortoit, l'Héréſie des derniers temps l'avoit infectée. Il recevoit avec ce beau Sang des principes d'erreur & de menſonge, & parmi ſes exemples domeſtiques il trouvoit celui d'ignorer & de combatre la verité. Ne faiſons donc pas la matiére de ſon Eloge, de ce qui fut pour lui un ſujet de pénitence, & voyons les voyes d'honneur & de gloire que la Providence de Dieu lui ouvrit dans le monde, avant que ſa Miſéricorde le retirât des voyes de la perdition, & de l'égarement de ſes Peres.

Avant ſa quatorziéme année il commença de porter les armes. Dés ſiéges & des combats ſervirent d'exercice à ſon enfance, & ſes premiers divertiſſemens furent des victoires. Sous la diſcipline du Prince d'Orange ſon Oncle maternel, il apprit l'art de la guerre en qualité de ſimple ſoldat, & ni l'orgueïl, ni la pareſſe ne l'éloignerent d'aucun des emplois, où la peine & l'obeïſſance ſont attachées. On le vit en ce dernier rang de la Milice, ne refuſer

refuser aucune fatigue, & ne craindre aucun peril; faire par honneur ce que les autres faisoient par necessité, & ne se distinguer d'eux que par un plus grand attachement au travail, & par une plus noble application à tous ses devoirs.

Ainsi commençoit une vie, dont les suites devoient estre si glorieuses, semblable à ces fleuves qui s'étendent à mesure qu'ils s'éloignent de leur source, & qui portent enfin par tout où ils coulent, la commodité & l'abondance. Depuis ce temps il a vêcu pour la gloire & pour le salut de l'Etat. Il a rendu tous les services qu'on peut attendre d'un esprit ferme & agissant, quand il se trouve dans un corps robuste & bien constitué. Il a eû dans la jeunesse toute la prudence d'un âge avancé, & dans un âge avancé toute la vigueur de la jeunesse. Ses jours ont esté pleins, selon les termes de l'Ecriture; & Psal. 72.
comme il ne perdit pas ses jeunes années dans la mollesse & la volupté, il n'a pas esté contraint de passer les derniéres dans l'oisiveté & dans la foiblesse.

Quel peuple ennemi de la France n'a

pas reſſenti les effets de ſa valeur, & quel endroit de nos frontiéres n'a pas ſervi de théatre à ſa gloire ? Il paſſe les Alpes ; & dans les fameuſes actions de Caſal, de Thurin, de la Route-de-Quiers, il ſe ſignale par ſon courage, & par ſa prudence ; & l'Italie le regarde comme un des principaux inſtrumens de ces grands & prodigieux ſuccés qu'on aura peine à croire un jour dans l'Hiſtoire. Il paſſe des Alpes aux Pyrenées, pour aſſiſter à la conqueſte de deux importantes Places, qui mettent une de nos plus belles Provinces à couvert de tous les efforts de l'Eſpagne. Il va recueïllir au-delà du Rhin le débris d'une armée défaite, il prend des Villes, & contribuë au gain des Batailles. Il s'éleve ainſi par degrez, & par ſon ſeul mérite, au ſuprême commandement; & fait voir dans tout le cours de ſa vie, ce que peut pour la défenſe d'un Royaume, un Général d'Armée, qui s'eſt rendu digne de commander en obéïſſant, & qui a joint à la Valeur & au Génie, l'application & l'expérience.

Perpignan & Colioure.

Tréves, Aſchaffembourg, &c.

Le Combat de Fribourg, la Bataille de Nortlingue.

Ce fut alors que ſon eſprit & ſon cœur agirent dans toute leur étenduë. Soit qu'il fallût préparer les affaires, ou les décider; chercher la Victoire avec ardeur, ou l'attendre avec patience; soit qu'il fallût prévenir les desseins des ennemis par la hardiesse, ou dissiper les craintes & les jalousies des Alliez par la prudence; soit qu'il fallût se modérer dans les prospéritez, ou se soûtenir dans les malheurs de la guerre, son ame fut toûjours égale. Il ne fit que changer de vertus, quand la fortune changeoit de face; heureux sans orgueïl, malheureux avec dignité, & presque aussi admirable, lors qu'avec jugement & avec fierté, il sauvoit les restes des troupes batuës à Mariandal, que lors qu'il batoit lui-même les Impériaux & les Bavarois, & qu'avec des troupes triomphantes, il forçoit toute l'Allemagne à demander la Paix à la France. *La Paix de Munster.*

On eût dit qu'un heureux Traité alloit terminer toutes les guerres de l'Europe, lors que Dieu, dont les jugemens, selon le Prophéte, sont des abîmes, voulut affliger, & punir la France par elle-même, & l'abandonna à tous les déréglemens que causent dans un Etat les dissensions civi- Psal. 35.

les & domestiques. Souvenez-vous, MESSIEURS, de ce temps de desordre & de trouble, où l'esprit tenébreux de discorde confondoit le droit avec la passion, le devoir avec l'interest, la bonne cause avec la mauvaise; où les Astres les plus brillans souffrirent presque tous quelque éclipse, & les plus fidelles sujets se virent entraînez, malgré eux, par le torrent des partis, comme ces Pilotes, qui se trouvant surpris de l'orage en pleine mer, sont contraints de quitter la route qu'ils veulent tenir, & de s'abandonner pour un temps au gré des vents & de la tempeste. Telle est la justice de Dieu, telle est l'infirmité naturelle des hommes. Mais le Sage revient aisément à soy; & il y a dans la Politique comme dans la Religion, une espéce de penitence plus glorieuse que l'innocence même, qui répare avantageusement un peu de fragilité par des vertus extraordinaires, & par une ferveur continuelle.

Mais où m'arrestai-je, MESSIEURS? Vostre esprit vous represente déja sans doute M. DE TURENNE à la teste des Armées du Roy. Vous le voyez combatre, & dissiper la rebellion, ramener ceux que le mensonge avoit séduits, rasseûrer ceux que la crainte avoit ébranlez, & crier, comme un autre Moïse, à toutes les portes d'Israël : *Que ceux qui sont au Seigneur, se joignent à moy.* Quelles furent alors sa fermeté & sa sagesse ? Tantost sur les rives de Loire, suivi d'un petit nombre d'Officiers & de Domestiques, il court à la défense d'un Pont, & tient ferme contre une Armée ; & soit la hardiesse de l'entreprise, soit la seule presence de ce grand homme, soit la protéction visible du Ciel, qui rendoit les ennemis immobiles, il étonna, par sa résolution, ceux qu'il ne pouvoit arrester par la force, & releva par cette prudente & heureuse temerité, l'Etat panchant vers sa ruine. Tantost se servant de tous les avantages des temps & des lieux, il arreste, avec peu de troupes, une armée qui venoit de vaincre, & mérite les loüanges mêmes d'un Ennemi, qui dans les siécles idolatres auroit passé pour le Dieu des Batailles. Tantost vers les bords de la Seine, il oblige, par un Traité, un Prince étranger, dont il avoit pénetré les plus

Exod. 32.

Le Pont de Gergeau.

à Bleneau.

à Villeneuve S. George.

ſecrétes intentions, de ſortir de France, & d'abandonner les eſpérances qu'il avoit conceûës de profiter de nos deſordres.

Je pourrois ajoûter ici des Places priſes, des Combats gagnez ſur les rebelles. Mais dérobons quelque choſe à la gloire de noſtre Héros, plûtoſt que de voir plus longtemps l'image funeſte de nos miſéres paſſées. Parlons d'autres exploits, qui ayent eſté auſſi avantageux pour la France, que pour lui-même, & dont nos ennemis n'ayent pas eû ſujet de ſe réjoüir.

Je me contente de vous dire qu'il appaiſa, par ſa conduite, l'orage dont le Royaume étoit agité. Si la licence fut reprimée; ſi les haines publiques & particuliéres furent aſſoupies; ſi les loix reprirent leur ancienne vigueur; ſi l'ordre & le repos furent rétablis dans les Villes & dans les Provinces; ſi les membres furent heureuſement réünis avec leur chef: c'eſt à lui, France, que tu le dois. Je me trompe, c'eſt à Dieu, qui tire, quand il veut, des treſors de ſa Providence, ces grandes ames, qu'il a choiſies comme des inſtrumens viſibles de ſa puiſſance, pour faire naître du ſein des tempestes, le calme & la tranquilité publique, pour relever les Etats de leurs ruines, & réconcilier, quand sa justice est satisfaite, les Peuples avec leurs Souverains.

Son courage, qui n'agissoit qu'avec peine dans les malheurs de sa Patrie, sembla s'échauffer dans les guerres étrangéres, & l'on vit redoubler sa valeur. N'entendez pas par ce mot, MESSIEURS, une hardiesse vaine, indiscréte, emportée, qui cherche le danger pour le danger même; qui s'expose sans fruit, & qui n'a pour but que la réputation, & les vains applaudissemens des hommes. Je parle d'une hardiesse sage & reglée, qui s'anime à la veûë des ennemis; qui dans le peril même pourvoit à tout, & prend tous ses avantages : mais qui se mesure avec ses forces, qui entreprend les choses difficiles, & ne tente pas les impossibles; qui n'abandonne rien au hazard de ce qui peut être conduit par la vertu: capable enfin de tout oser, quand le conseil est inutile, & preste à mourir dans la victoire, ou à survivre à son malheur, en accomplissant ses devoirs.

J'avouë, MESSIEURS, que je ſuccombe ici ſous le poids de mon ſujet. Ce grand nombre d'actions, dont je dois parler, m'embarraſſe; je ne puis les décrire toutes, & je voudrois n'en obmetre aucune. Que n'ay-je le ſecret de graver dans vos eſprits un plan inviſible & racourci de la Flandre & de l'Allemagne? Je marquerois, ſans confuſion, dans vos penſées, tout ce que fit ce grand Capitaine, & vous dirois en abregé, ſelon les lieux: ici il forçoit des retranchemens, & ſecouroit une Place aſſiégée. Là il ſurprenoit les Ennemis, ou les batoit en pleine campagne. Ces Villes où vous voyez les Lis arborez, ont eſté, ou défenduës par ſa vigilance, ou conquiſes par ſa fermeté & par ſon courage. Ce lieu couvert d'un bois & d'une riviére, c'eſt le poſte où il raſſeûroit ſes troupes effrayées aprés une honorable retraite. Ici il ſortoit de ſes lignes pour combatre, & d'un ſeul coup prenoit une Ville, & gagnoit une Bataille. Là diſtribuant ce qui lui reſtoit de ſon propre argent, il achevoit un ſiége, & il alloit en faire lever un au même temps.

Le ſecours d'Arras.

Condé, Landrecies, Ipre, Oudenarde, &c.

Retraite de Valenciennes.

Bataille des Dunes, & priſe de Dunkerque.

S. Venant pris, Ardres ſecouru.

Je

Je recueïllerois en suite tant de succés, & vous ferois souvenir de ces mauvaises nuits que le Roy d'Espagne avoüa qu'il avoit passées, & de cette Paix recherchée par des Traitez & des Alliances, sans laquelle, Flandre théatre sanglant où se passent tant de scenes tragiques; triste & fatale contrée, trop étroite pour contenir tant d'Armées qui te devorent, tu aurois accrû le nombre des nos Provinces, & au lieu d'être la source malheureuse de nos guerres, tu serois aujourd'hui le fruit paisible de nos victoires.

Paix des Pyrénées.

Je pourrois, MESSIEURS, vous montrer vers les bords du Rhin autant de trophées que sur les bords de l'Escaut & de la Sambre. Je pourrois vous décrire des combats gagnez, des riviéres, & des défilez passez à la veüë des ennemis, des plaines teintes de leur sang, des montagnes presque inaccessibles traversées pour les aller repousser loin de nos frontiéres. Mais l'éloquence de la chaire n'est pas propre au recit des combats & des batailles : la langue d'un Prestre destinée à loüer JESUS-CHRIST le Sauveur des hommes, ne

à Entzein, Sintzein, Mulhausen, &c.

doit pas estre employée à parler d'un Art qui tend à leur destruction ; & je ne viens pas vous donner des idées de meurtre & de carnage devant ces Autels où l'on n'offre plus le sang des taureaux en sacrifice au Dieu des armées, mais au Dieu de misericorde & de paix une victime non-sanglante.

Quoy donc ! n'y a-t-il point de valeur & de générosité Chrétienne ? L'Ecriture qui commande de sanctifier les guerres, ne nous apprend-elle pas que la piété n'est pas incompatible avec les armes ? Viens-je condamner une profession, que la Religion ne condamne pas, quand on en sçait modérer la violence ? Non, MESSIEURS, je sçay que ce n'est pas en vain que les Princes portent l'épée ; que la force peut agir, quand elle se trouve jointe avec l'équité ; que le Dieu des armées préside à cette redoutable justice que les Souverains se font à eux-mêmes ; que le droit des armes est necessaire pour la conservation de la Société ; & que les guerres sont permises, pour asseurer la Paix, pour protéger l'innocence, pour arrêter la malice

Joël. c. 3.

Epist. ad Rom. c. 13.

qui se déborde, & pour retenir la cupidité dans les bornes de la justice.

Je sçay aussi que la modération & la charité doivent régler les guerres parmi les Chrétiens ; que les Capitaines qui les conduisent sont les Ministres de la Providence de Dieu qui est toûjours sage, & de la puissance des Rois qui ne doit jamais être injuste ; qu'ils doivent avoir le cœur doux & charitable, lors même que leurs mains sont sanglantes, & adorer intérieurement le Créateur, lors qu'ils se trouvent dans la triste nécessité de détruire ses créatures.

C'est ici que j'atteste la foy publique, MESSIEURS, & que parlant de la douceur & de la modération de M. DE TURENNE, je puis avoir pour témoins de ce que je dis, tous ceux qui l'ont suivi dans les Armées. S'est-il fait un plaisir de se servir du pouvoir qu'il a eû de nuire à ceux mêmes qu'on regarde & qu'on traite comme ennemis ? Où a-t-il laissé des marques terribles de sa colére, ou de ses vengeances particuliéres ? Laquelle de ses victoires a-t-il estimée par le nombre des miſérables qu'il accabloit, ou des morts qu'il laiſſoit ſur le champ de bataille ? Quelle vie a-t-il expoſée, pour ſon intereſt, ou pour ſa propre réputation ? Quel ſoldat n'a-t-il pas ménagé comme un ſujet du Prince & une portion de la république ? Quelle goutte de ſang a-t-il répanduë qui n'ait ſervi à la cauſe commune ?

On l'a veû dans la fameuſe Bataille des Dunes arracher les armes des mains des ſoldats étrangers, qu'une férocité naturelle acharnoit ſur les vaincus. On l'a veû gémir de ces maux neceſſaires que la guerre traîne aprés ſoy, que le temps force de diſſimuler, de ſouffrir, & de faire. Il ſçavoit qu'il y a un droit plus haut & plus ſacré que celui que la fortune & l'orgueïl impoſent aux foibles & aux malheureux, & que ceux qui vivent ſous la Loy de JESUS-CHRIST, doivent épargner, autant qu'ils peuvent, un ſang conſacré par le ſien, & ménager des vies qu'il a rachetées par ſa mort.

Il cherchoit à ſoumettre les ennemis, non pas à les perdre. Il eût voulu pouvoir attaquer ſans nuire, ſe défendre ſans offenſer, & réduire au droit & à la juſtice, ceux à qui il étoit obligé, par devoir, de faire violence.

Enfin, il s'étoit fait une eſpéce de morale militaire qui lui étoit propre. Il n'avoit pour toute paſſion, que l'affection pour la gloire du Roy, le deſir de la Paix, & le zele du bien public. Il n'avoit pour ennemis que l'orgueïl, l'injuſtice, & l'uſurpation. Il s'étoit accoûtumé à combatre ſans colére, à vaincre ſans ambition, & à triompher ſans vanité, & à ne ſuivre pour régle de ſes actions que la vertu & la ſageſſe. C'eſt ce que je dois vous montrer en cette ſeconde partie.

La Valeur n'eſt qu'une force aveugle & impetueuſe, qui ſe trouble & ſe précipite, ſi elle n'eſt éclairée & conduite par la probité & par la prudence; & le Capitaine n'eſt pas accompli, s'il ne renferme en ſoy l'homme de bien, & l'homme ſage. Quelle diſcipline peut établir dans un camp, celui qui ne ſçait regler ni ſon eſprit, ni ſa conduite? Et comment ſçaura calmer, ou émouvoir, ſelon ſes deſſeins, dans une

armée tant de paſſions differentes, celui qui ne ſera pas maître des ſiennes? Auſſi l'Eſprit de Dieu nous apprend dans l'Ecri-
Sap. c. 6. ture, que l'homme prudent l'emporte ſur
Eccl. c. 9. le courageux, que la ſageſſe vaut mieux que les armes des gens de guerre, & que
Prov. c. 16. celui qui eſt patient & moderé eſt quelquefois plus eſtimable, que celui qui prend des Villes, & qui gagne des Batailles.

Ici vous formez ſans doute, MESSIEURS, dans vôtre eſprit, des idées plus nobles que celles que je puis vous donner. En parlant de M. DE TURENNE, je reconnois que je ne puis vous élever au-deſſus de vous-mêmes; & le ſeul avantage que j'ay, c'eſt que je ne dirai rien que vous ne croyiez, & que ſans être flateur, je puis dire de grandes choſes. Y eut-il jamais homme plus ſage & plus prévoyant, qui conduisît une guerre avec plus d'ordre & de jugement, qui eût plus de précautions & plus de reſſources, qui fût plus agiſſant & plus retenu, qui diſpoſât mieux toutes choſes à leur fin, & qui laiſſât meurir ſes entrepriſes avec tant de patience? Il prenoit des meſures preſque infaillibles ; & pénétrant non-seulement ce que les ennemis avoient fait, mais encore ce qu'ils avoient dessein de faire, il pouvoit être malheureux, mais il n'étoit jamais surpris. Il distinguoit le temps d'attaquer, & le tems de défendre. Il ne hazardoit jamais rien que lors qu'il avoit beaucoup à gagner, & qu'il n'avoit presque rien à perdre. Lors même qu'il sembloit ceder, il ne laissoit pas de se faire craindre. Telle enfin étoit son habileté, que lors qu'il vainquoit, on ne pouvoit en attribuer l'honneur qu'à sa prudence ; & lors qu'il étoit vaincu, on ne pouvoit en imputer la faute qu'à la fortune.

Souvenez-vous, MESSIEURS, du commencement, & des suites de la guerre, qui n'étant d'abord qu'une étincelle, embrase aujourd'hui toute l'Europe. Tout se déclare contre la France. On soûleve les Etrangers, on débauche les Alliez, on intimide les Amis, on encourage les Vaincus, on arme les Envieux. Sur des craintes imaginaires, & des défiances artificieusement inspirées, les interests sont confondus, la foy violée, & les Traitez mépriſez. Il falloit, je l'avoûë, pour réſiſter à tant d'Armées jointes enſemble contre nous, des troupes auſſi vaillantes, & des Capitaines auſſi expérimentez que les noſtres. Mais rien n'étoit ſi formidable, que de voir toute l'Allemagne, ce grand & vaſte Corps, composé de tant de Peuples & de Nations différentes, déployer tous ſes étendarts, & marcher vers nos frontiéres, pour nous accabler par la force, aprés nous avoir effrayez par la multitude.

Il falloit oppoſer à tant d'ennemis un homme d'un courage ferme & aſſeûré, d'une capacité étenduë, d'une experience conſommée, qui ſoûtint la réputation, & qui ménageât les forces du Royaume; qui n'oubliât rien d'utile & de neceſſaire, & ne fît rien de ſuperflu; qui ſçeût, ſelon les occaſions, profiter de ſes avantages, ou ſe relever de ſes pertes; qui fût tantoſt le bouclier, & tantoſt l'épée de ſon païs; capable d'exécuter les ordres qu'il auroit receûs, & de prendre conſeil de lui-meſme dans les rencontres.

Vous ſçavez de qui je parle, MESSIEURS;

SIEURS; vous sçavez le détail de ce qu'il fit, sans que je le die. Avec des troupes considérables seulement par leur courage, & par la confiance qu'elles avoient en leur Général, il arrête, & consume deux grandes armées, & force à conclure la paix, par des traitez, ceux qui croioient venir terminer la guerre par nostre entiére & prompte défaite. Tantost il s'oppose à la jonction de tant de secours ramassez, & rompt le cours de tous ces torrens qui auroient inondé la France. Tantost il les défait, ou les dissipe par des combats réïtérez. Tantost il les repousse au-delà de leurs riviéres, & les arrête toûjours, par des coups hardis, quand il faut rétablir la réputation; par la modération, quand il ne faut que la conserver.

Villes que nos ennemis s'étoient déja partagées, vous estes encore dans l'enceinte de nostre Empire. Provinces qu'ils avoient déja ravagées dans le desir & dans la pensée, vous avez encore recueïlli vos moissons. Vous durez encore, Places que l'art & la nature a fortifiées, & qu'ils avoient dessein de démolir; & vous n'avez tremblé que ſous des projets frivoles d'un vainqueur en idée, qui comptoit le nombre de nos ſoldats, & qui ne ſongeoit pas à la ſageſſe de leur Capitaine.

Cette ſageſſe étoit la ſource de tant de proſpéritez éclatantes. Elle entretenoit cette vnion des ſoldats avec leur Chef, qui rend une armée invincible. Elle répandoit dans les troupes un eſprit de force, de courage, & de confiance, qui leur faiſoit tout ſouffrir, & tout entreprendre dans l'exécution de ſes deſſeins : elle rendoit enfin des hommes groſſiers, capables de gloire. Car, MESSIEURS, qu'eſt-ce qu'une Armée? c'eſt un corps animé d'une infinité de paſſions différentes, qu'un homme habile fait mouvoir pour la défenſe de la Patrie; c'eſt une troupe d'hommes armez, qui ſuivent aveuglément les ordres d'un Chef, dont ils ne ſçavent pas les intentions; c'eſt une multitude d'ames pour la pluſpart viles, & mercenaires, qui, ſans ſonger à leur propre réputation, travaillent à celle des Rois & des Conquerans; c'eſt un aſſemblage confus de libertins, qu'il faut aſſujétir à l'obeïſſance; de lâches, qu'il faut mener au combat ; de teméraires, qu'il faut retenir ; d'impatiens, qu'il faut accoûtumer à la constance. Quelle prudence ne faut-il pas pour conduire, & réünir au seul interest public tant de veûës & de volontez différentes ? Comment se faire craindre, sans se mettre en danger d'être haï, & bien souvent abandonné ? Comment se faire aimer, sans perdre un peu de l'autorité, & relâcher de la discipline necessaire ?

Qui trouva jamais mieux tous ces justes temperamens, que ce Prince que nous pleurons ? Il attacha par des nœuds de respect & d'amitié, ceux qu'on ne retient ordinairement que par la crainte des supplices ; & se fit rendre par sa modération, une obéïssance aisée, & volontaire. Il parle, chacun écoute ses oracles ; il commande, chacun avec joye suit ses ordres ; il marche, chacun croit courir à la gloire. On diroit qu'il va combatre des Rois confedérez avec sa seule maison, comme un autre Abraham ; que ceux Genes.14.
qui le suivent, sont ses soldats, & ses domestiques ; & qu'il est & Général, &

Pere de famille tout-enſemble. Auſſi rien ne peut ſoûtenir leurs efforts; ils ne trouvent point d'obſtacle, qu'ils ne ſurmontent; point de difficulté qu'ils ne vainquent; point de peril qui les épouvante; point de travail qui les rebute; point d'entrepriſe qui les étonne; point de conquête qui leur paroiſſe difficile. Que pouvoient-ils refuſer à un Capitaine qui renonçoit à ſes commoditez, pour les faire vivre dans l'abondance; qui, pour leur procurer du repos, perdoit le ſien propre; qui ſoulageoit leurs fatigues, & ne s'en épargnoit aucune; qui prodiguoit ſon ſang, & ne ménageoit que le leur?

Par quelle inviſible chaîne entraînoit-il ainſi les volontez? par cette bonté, avec laquelle il encourageoit les uns, il excuſoit les autres, & donnoit à tous les moyens de s'avancer, de vaincre leur malheur, ou de réparer leurs fautes; par ce deſintereſſement qui le portoit à préferer ce qui étoit plus utile à l'Etat, à ce qui pouvoit être plus glorieux pour lui-même; par cette juſtice, qui dans la diſtribution des emplois, ne lui permettoit pas de suivre son inclination au préjudice du mérite; par cette noblesse de cœur & de sentimens, qui l'élevoit au-dessus de sa propre grandeur, & par tant d'autres qualitez qui lui attiroient l'estime & le respect de tout le monde. Que j'entrerois volontiers dans les motifs & dans les circonstances de ses actions! Que j'aimerois à vous montrer une conduite si réguliére & si uniforme; un mérite si éclatant, & si exempt de faste & d'ostentation; de grandes vertus produites par des principes encore plus grands; une droiture universelle, qui le portoit à s'appliquer à tous ses devoirs, & à les réduire tous à leurs fins justes & naturelles; & une heureuse habitude d'être vertueux, non pas pour l'honneur, mais pour la justice, qu'il y a de l'être! Mais il ne m'appartient pas de pénetrer jusqu'au fond de ce cœur magnanime; & il étoit réservé à une bouche plus éloquente que la mienne, d'en exprimer tous les mouvemens, & toutes les inclinations intérieures.

M. l'Evêque de Tulle.

Pour récompenser tant de vertus par quelque honneur extraordinaire, il falloit trouver un grand Roy, qui crût ignorer quelque choſe, & qui fût capable de l'avouër. Loin d'ici ces flateuſes maximes, que les Rois naiſſent habiles, & que les autres le deviennent; que leurs ames privilegiées ſortent des mains de Dieu, qui les crée, toutes ſages & intelligentes; qu'il n'y a point pour eux d'eſſai, ni d'apprentiſſage; qu'ils ſont vertueux ſans travail, & prudens ſans expérience. Nous vivons ſous un Prince, qui, tout grand, & tout éclairé qu'il eſt, a bien voulu s'inſtruire pour commander; qui, dans la route de la gloire, a ſceû choiſir un guide fidele, & qui a crû qu'il étoit de ſa ſageſſe de ſe ſervir de celle d'autrui. Quel honneur pour un ſujet d'accompagner ſon Roy, de lui ſervir de conſeil, &, ſi je l'oſe dire, d'exemple dans une importante Conquête! Honneur d'autant plus grand, que la faveur n'y pût avoir part; qu'il ne fut fondé que ſur un mérite univerſellement connu; & qu'il fut ſuivi de la priſe des Villes les plus conſidérables de la Flandre.

Charleroy, Doüay, Tournay, Ath, l'Iſle, &c.

Aprés cette glorieuſe marque d'eſtime & de confiance, quels projets d'établiſſement & de fortune n'auroit pas faits un homme avare & ambitieux ? Qu'il eût amassé de biens & d'honneurs, & qu'il eût vendu chérement tant de travaux & de services ! Mais cét homme sage & desinteressé, content des témoignages de sa conscience, & riche de sa modération, trouve dans le plaisir qu'il a de bien faire, la récompense d'avoir bien fait. Quoy-qu'il puisse tout obtenir, il ne demande, & ne prétend rien ; il ne desire, à l'exemple de Salomon, qu'un état frugal & honneste entre la pauvreté & les richesses ; & quelques offres qu'on luy fasse, il n'étend ses desirs qu'à proportion de ses besoins, & se resserre dans les bornes étroites du seul necessaire. Il n'y eût qu'une ambition qui fut capable de le toucher : ce fut de mériter l'estime & la bienveillance de son Maître. Cette ambition fut satisfaite ; & nostre siécle a veû un sujet aimer son Roy pour ses grandes qualitez, non pour sa dignité, ni pour sa fortune ; & un Roy aimer son sujet, plus pour le mérite qu'il connoissoit en lui, que pour les services qu'il en recevoit.

Prov. c. 30.

Cét honneur, MESSIEURS, ne diminua point sa modestie. A ce mot, je ne sçai quel remors m'arrête. Je crains de publier ici des loüanges qu'il a si souvent rejetées, & d'offenser aprés sa mort une vertu qu'il a tant aimée pendant sa vie. Mais accomplissons la justice, & loüons-le sans crainte, en un temps où nous ne pouvons être suspects de flaterie, ni lui susceptible de vanité. Qui fît jamais de si grandes choses ? qui les dît avec plus de retenuë ? Remportoit-il quelque avantage ; à l'entendre, ce n'étoit pas qu'il fût habile, mais l'ennemi s'étoit trompé. Rendoit-il compte d'une bataille ; il n'oublioit rien, sinon que c'étoit lui qui l'avoit gagnée. Racontoit-il quelques-unes de ces actions qui l'avoient rendu si celébre ; on eût dit qu'il n'en avoit esté que le spectateur, & l'on doutoit si c'étoit lui qui se trompoit, ou la renommée. Revenoit-il de ces glorieuses Campagnes qui rendront son nom immortel ; il fuïoit les acclamations populaires, il rougissoit de ses Victoires, il venoit recevoir des Eloges comme on vient faire des Apologies, & n'osoit presque aborder le Roy, parce qu'il étoit obligé par

par respect de souffrir patiemment les loüanges dont Sa Majesté ne manquoit jamais de l'honorer.

C'est alors que dans le doux repos d'une condition privée, ce Prince se dépoüillant de toute la gloire qu'il avoit aquise pendant la guerre, & se renfermant dans une société peu nombreuse de quelques amis choisis, il s'exerçoit sans bruit aux vertus civiles : sincére dans ses discours, simple dans ses actions, fidele dans ses amitiez, exact dans ses devoirs, reglé dans ses desirs, grand mesme dans les moindres choses. Il se cache, mais sa réputation le découvre : il marche sans suite & sans équipage, mais chacun dans son esprit le met sur un char de triomphe. On compte, en le voyant, les ennemis qu'il a vaincus, non pas les serviteurs qui le suivent ; tout seul qu'il est, on se figure autour de lui ses Vertus, & ses Victoires qui l'accompagnent. Il y a je ne sçai quoi de noble dans cette honneste simplicité ; & moins il est superbe, plus il devient vénérable.

Il auroit manqué quelque chose à sa gloire, si trouvant par tout tant d'admirateurs, il n'eût fait quelques envieux. Telle eſt l'injuſtice des hommes : la gloire la plus pure, & la mieux aquiſe les bleſſe ; tout ce qui s'éléve au deſſus d'eux, leur devient odieux & inſuportable ; & la fortune la plus aprouvée , & la plus modeſte n'a pû ſe ſauver de cette lâche & maligne paſſion. C'eſt la deſtinée des grands hommes d'en être attaqué ; & c'eſt le privilege de M. DE TURENNE d'avoir pû la vaincre. L'envie fut étoufée, ou par le mépris qu'il en fit, ou par des accroiſſemens perpétuels d'honneur & de gloire : le mérite l'avoit fait naître, le mérite la fit mourir. Ceux qui lui étoient moins favorables, ont reconnu combien il étoit neceſſaire à l'Etat : ceux qui ne pouvoient ſouffrir ſon élévation, ſe crûrent enfin obligez d'y conſentir ; & n'oſant s'affliger de la proſpérité d'un homme qui ne leur auroit jamais donné la miſérable conſolation de ſe réjouïr de quelqu'une de ſes fautes, ils joignirent leur voix à la voix publique, & crûrent qu'être ſon ennemi, c'étoit l'être de toute la France.

Mais à quoy auroient abouti tant de

qualitez héroïques, si Dieu n'eust fait éclater sur lui la puissance de sa Grace, & si celui, dont sa Providence s'étoit si noblement servie, eût esté l'objet éternel de sa justice ? Dieu seul pouvoit dissiper ses tenébres, & il tenoit en sa puissance l'heureux moment qu'il avoit marqué pour l'éclairer de ses veritez.

Il arriva ce moment heureux, ce point où se rapportoit toute sa veritable gloire. Il entrevit des piéges & des précipices que sa prévention lui avoit jusqu'alors entiérement cachez. Il commença à marcher avec précaution & avec crainte dans ces routes égarées où il se trouvoit engagé. Certains rayons de Grace & de Lumiére lui firent appercevoir qu'en vain rempliroit-il les plus beaux endroits de l'Histoire, si son nom n'étoit écrit dans le Livre de vie ; qu'en vain gagneroit-il le monde entier, s'il perdoit son ame ; qu'il n'y avoit qu'une Foi & un JESUS-CHRIST, & une Vérité simple & indivisible, qui ne se montre qu'à ceux qui la cherchent avec un cœur humble, & une volonté desintéressée. Il n'étoit pas encore éclairé, mais

il commençoit d'être docile. Combien de fois conſulta-t-il des amis ſçavans & fideles ? Combien de fois ſoûpirant aprés ces lumiéres vives & efficaces, qui ſeules triomphent des erreurs de l'eſprit humain, dît-il à JESUS-CHRIST, com-
Marc. c. 10. me cét Aveugle de l'Evangile : *Seigneur, faites que je voye ?* Combien de fois eſſaya-t-il d'une main impuiſſante d'arracher le bandeau fatal qui fermoit ſes yeux à la verité ? Combien de fois remonta-t-il juſqu'à ces ſources anciennes & pures que JESUS-CHRIST a laiſſées à ſon Egliſe, pour y puiſer avec joye les eaux d'une doctrine ſalutaire ?

Habitude, prétextes, engagemens, honte de changer, plaiſir d'être regardé comme le Chef & le Protecteur d'Iſraël; vaines & ſpecieuſes raiſons de la chair & du ſang, vous ne pûtes le retenir. Dieu rompit tous ces liens ; & le mettant dans la liberté de ſes enfans , le fit paſſer de la région des tenébres , au royaume de ſon Fils bien-aimé, à qui il appartenoit par ſon élection éternelle. Ici un nouvel ordre de choſes ſe preſente à moy. Je voy de plus grandes actions, de plus nobles motifs, une protection de Dieu plus visible. Je parle desormais d'une sagesse que la veritable piété accompagne, & d'un courage que l'Esprit de Dieu fortifie. Renouvellez donc vôtre attention en cette derniére partie de mon discours, & suppléez dans vos pensées à ce qui manquera à mes expressions & à mes paroles.

Si M. DE TURENNE n'avoit sceû que combatre & vaincre; s'il ne s'étoit élevé au-dessus des vertus humaines; si sa valeur & sa prudence n'avoient esté animées d'un esprit de Foi & de Charité : je le mettrois au rang des Scipions, & des Fabius; je laisserois à la vanité le soin d'honorer la vanité; & je ne viendrois pas dans un lieu saint faire l'éloge d'un homme prophane. S'il avoit fini ses jours dans l'aveuglement & dans l'erreur, je loüerois en vain des vertus que Dieu n'auroit pas couronnées; je répandrois des larmes inutiles sur son tombeau; & si je parlois de sa gloire, ce ne seroit que pour déplorer son malheur. Mais, graces à JESUS-CHRIST, je parle d'un Chrétien éclairé des lumiéres de la Foi, agissant par les principes d'une Religion pure, & consacrant par une sincére piété, tout ce qui peut flater l'ambition, ou l'orgueïl des hommes. Ainsi les loüanges que je lui donne, retournent à Dieu qui en est la source; & comme c'est la verité qui l'a sanctifié, c'est aussi la verité qui le louë.

Que sa conversion fut entiére, MESSIEURS, & qu'il fut différent de ceux, qui sortant de l'hérésie par des veûës intéressées, changent de sentimens sans changer de mœurs; n'entrent dans le sein de l'Eglise, que pour la blesser de plus prés par une vie scandaleuse; & ne cessent d'être ennemis déclarez, qu'en devenant enfans rebelles! Quoy-que son cœur se fût sauvé des déreglemens que causent d'ordinaire les passions, il prit encore plus de soin de le régler. Il crût que l'innocence de sa vie devoit répondre à la pureté de sa créance. Il connut la verité, il l'aima, il la suivit. Avec quel humble respect assistoit-il aux sacrez Mystéres! avec quelle docilité écoûtoit-il les instructions salutaires des Prédicateurs Evangeliques ! avec quelle soûmission adoroit-il les œuvres de Dieu que l'esprit humain ne peut comprendre ! Vrai adorateur en esprit & en verité ; cherchant le Seigneur, selon le conseil du Sage, dans la simplicité du cœur ; Sap. 1. ennemi irréconciliable de l'impiété ; éloigné de toute superstition, & incapable d'hypocrisie.

A peine a-t-il embrassé la saine doctrine, qu'il en devient le défenseur : aussi-tôt qu'il est revêtu des armes de lumiére, il combat les œuvres de tenébres : il regarde en tremblant l'abîme d'où il est sorti, & il tend la main à ceux qu'il y a laissez. On diroit qu'il est chargé de ramener dans le sein de l'Eglise tous ceux que le schisme en a separez : il les invite par ses conseils, il les attire par ses bienfaits, il les presse par ses raisons, il les convainc par ses expériences ; il leur fait voir les écuëils où la raison humaine fait tant de naufrages ; & leur montre derriére lui, selon les termes de Saint Augustin, le pont de la miséricorde de Dieu, par où il vient de passer lui-même. Tantôt il allume le zele des Doςteurs, & les exhorte d'oppoſer au faſte du menſonge, la force de la verité. Tantôt il leur découvre ces voies douces & inſinüantes, qui gagnent le cœur, pour gagner l'eſprit. Tantôt il fournit, ſelon ſon pouvoir, les fonds neceſſaires pour aſſiſter ceux qui abandonnent tout pour ſuivre JESUS-CHRIST qui les appelle. Vous le ſçavez, Evêques confidens de ſon zele : tout occupé qu'il eſt dans le cours de ſes derniéres actions de guerre, il concerte avec vous des entrepriſes de Religion, & n'oublie rien de ce qui peut contribuer, ou à inſtruire ceux qu'une longue prévention aveugle, ou à gagner ceux que la cupidité & l'intereſt retiennent encore dans leurs erreurs ; digne fils de cette Egliſe, dont la charité s'étend à tout, à l'imitation de celle de Dieu, & qui procure à ſes enfans, outre l'héritage éternel, le ſoulagement même de leurs néceſſitez temporelles.

Telle étoit la diſpoſition de ſon ame, MESSIEURS, lors que la Providence de Dieu permit que le Roy juſtement irrité alla porter la guerre au milieu des Etats d'une République injuſte & ingrate, & fit ſentir

sentir la force de ses armes à ceux qui méprisoient ses bienfaits, & qui vouloient s'opposer à sa gloire. Ce fut alors que nôtre Heros reprit les armes, & qu'à la suite de son Maître, & à la teste de ses armées, il exposa son sang dans une guerre non-seulement heureuse, mais sainte, où la victoire avoit peine à suivre la rapidité du vainqueur, & où Dieu triomphoit avec le Prince. Quelle étoit sa joie, lors qu'aprés avoir forcé des villes, il voioit son illustre Neveu, plus éclatant par ses vertus que par sa Pourpre, ouvrir & reconcilier des Eglises ! Sous les ordres d'un Roy aussi pieux que puissant, l'un faisoit prospérer les armes, l'autre étendoit la Religion : l'un abbatoit des remparts, l'autre redressoit des autels : l'un ravageoit les terres des Philistins, l'autre portoit l'Arche autour des pavillons d'Israël : puis unissant ensemble leurs vœux, comme leurs cœurs étoient unis, le Neveu avoit part aux services que l'Oncle rendoit à l'Etat, & l'Oncle avoit part à ceux que le Neveu rendoit à l'Eglise.

Arnhem, Nimegue, les Forts de Burik, de Skein, &c.

Suivons ce Prince dans ses derniéres Campagnes, & regardons tant d'entrepriſes difficiles, tant de ſuccés glorieux, comme des preuves de ſon courage, & des récompenſes de ſa piété. Commencer ſes journées par la priére, réprimer l'impiété & les blaſphêmes, proteger les perſonnes & les choſes ſaintes contre l'inſolence & l'avarice des ſoldats, invoquer dans tous les dangers le Dieu des armées : c'eſt le devoir & le ſoin ordinaire de tous les Capitaines. Pour luy, il paſſe plus avant. Lors même qu'il commande aux troupes, il ſe regarde comme un ſimple ſoldat de JESUS-CHRIST. Il ſanctifie les guerres par la pureté de ſes intentions, par le deſir d'une heureuſe Paix, par les loix d'une diſcipline Chrétienne. Il conſidére ſes ſoldats comme ſes freres, & ſe croit obligé d'exercer la charité dans une profeſſion cruelle, où l'on pert ſouvent l'humanité même. Animé par de ſi grands motifs, il ſe ſurpaſſe lui-même, & fait voir que le courage devient plus ferme, quand il eſt ſoûtenu par des principes de Religion; qu'il y a une pieuſe magnanimité, qui attire les bons ſuccés, malgré les perils &

les obſtacles ; & qu'un guerrier eſt invincible, quand il combat avec Foi, & quand il prête des mains pures au Dieu des batailles qui les conduit.

Comme il tient de Dieu toute ſa gloire, auſſi la lui rapporte-t-il toute entiére, & ne conçoit autre confiance que celle qui eſt fondée ſur le nom du Seigneur. Que ne puis-je vous repreſenter ici une de ces importantes occaſions où il attaque avec peu de troupes toutes les forces de l'Allemagne ! Il marche trois jours, paſſe trois riviéres, joint les ennemis, les combat, & les charge. Le nombre d'un côté, la valeur de l'autre, la fortune eſt longtemps douteuſe ; enfin le courage arrête la multitude, l'ennemi s'ébranle, & commence à plier. Il s'éleve une voix, qui crie : Victoire. Alors ce Général ſuſpend toute l'émotion que donne l'ardeur du combat ; & d'un ton ſévere, *Arreſtez*, dit-il, *nôtre ſort n'eſt pas en nos mains ; & nous ſerons nous-mêmes vaincus, ſi le Seigneur ne nous favoriſe.* A ces mots, il leve les yeux au Ciel, d'où lui vient ſon ſecours ; & continuant à donner ſes ordres, il attend avec

Combat d'Eintzein.

ſoûmiſſion, entre l'eſpérance & la crainte, que les ordres du Ciel s'exécutent.

Qu'il eſt difficile, MESSIEURS, d'être victorieux, & d'être humble tout enſemble! Les proſpéritez militaires laiſſent dans l'ame je ne ſçai quel plaiſir touchant, qui la remplit, & l'occupe toute entiére. On s'attribuë une ſupériorité de puiſſance & de force; on ſe couronne de ſes propres mains; on ſe dreſſe un triomphe ſecret à ſoy-même; on regarde, comme ſon propre bien, ces lauriers qu'on cueïlle avec peine, & qu'on arroſe ſouvent de ſon ſang; & lors même qu'on rend à Dieu de ſolennelles actions de graces, & qu'on pend aux voûtes ſacrées de ſes Temples des drapeaux déchirez & ſanglans qu'on a pris ſur les Ennemis, qu'il eſt dangereux que la vanité n'étouffe une partie de la reconnoiſſance, qu'on ne mêle aux vœux qu'on rend au Seigneur, des applaudiſſemens qu'on croit ſe devoir à ſoy-même, & qu'on ne retienne au moins quelques grains de cét encens qu'on va brûler ſur ſes Autels!

C'étoit en ces occaſions que M. DE

TURENNE, se dépoüillant de lui-même, renvoioit toute la gloire à celui à qui seul elle appartient legitimement. S'il marche; il reconnoît que c'est Dieu qui le conduit, & qui le guide: s'il défend des Places; il sçait qu'on les défend en vain, si Dieu ne les garde : s'il se retranche; il lui semble que c'est Dieu, qui lui fait un rempart, pour le mettre à couvert de tout insulte: s'il combat; il sçait d'où il tire toute sa force: & s'il triomphe; il croit voir dans le Ciel une main invisible qui le couronne. Rapportant ainsi toutes les graces qu'il reçoit, à leur origine, il en attire de nouvelles. Il ne compte plus les ennemis qui l'environnent; & sans s'étonner de leur nombre, ou de leur puissance, il dit avec le Prophéte : *Ceux-là se fient au nombre de* Psal. 19. *leurs combatans & de leurs chariots ; pour nous, nous nous reposons sur la protection du Tout-puissant.* Dans cette fidéle & juste confiance, il redouble son ardeur, forme de grands desseins, exécute de grandes choses, & commence une Campagne qui sembloit devoir être fatale à l'Empire.

Il passe le Rhin, & trompe la vigilance

d'un Général habile & prévoyant. Il obſerve les mouvemens des Ennemis. Il releve le courage des Alliez. Il ménage la foi ſuſpecte & chancelante des voiſins. Il oſte aux uns la volonté, aux autres les moyens de nuire; & profitant de toutes ces conjonctures importantes, qui préparent les grands & glorieux évenemens, il ne laiſſe rien à la fortune, de ce que le conſeil, & la prudence humaine lui peuvent oſter. Déja frémiſſoit dans ſon camp l'Ennemi confus & déconcerté. Déja prenoit l'eſſor, pour ſe ſauver dans les montagnes, cét Aigle, dont le vol hardi avoit d'abord effrayé nos Provinces. Ces foudres de bronze, que l'Enfer a inventez pour la deſtruction des hommes, tonnoient de tous côtez, pour favoriſer, ou pour précipiter cette retraite; & la France en ſuſpens attendoit le ſuccés d'une entrepriſe, qui, ſelon toutes les regles de la guerre, étoit infaillible.

Helas! nous ſçavions tout ce que nous pouvions eſperer, & nous ne penſions pas à ce que nous devions craindre. La Providence divine nous cachoit un malheur plus grand que la perte d'une bataille. Il en devoit coûter une vie que chacun de nous eût voulu racheter de la sienne propre ; & tout ce que nous pouvions gagner, ne valoit pas ce que nous allions perdre. O Dieu terrible, mais juste en vos conseils, sur les enfans des hommes, vous disposez & des vainqueurs, & des victoires ! Pour accomplir vos volontez, & faire craindre vos jugemens, vôtre puissance renverse ceux que vôtre puissance avoit élevez. Vous immolez à vôtre souveraine Grandeur de grandes Victimes, & vous frapez, quand il vous plaît, ces Testes illustres, que vous avez tant de fois couronnées. Psal. 65.

N'attendez pas, MESSIEURS, que j'ouvre ici une Scene tragique ; que je represente ce grand Homme étendu sur ses propres trophées ; que je découvre ce corps pâle & sanglant, auprés duquel fume encore la foudre qui l'a frapé ; que je fasse crier son sang comme celui d'Abel, & que j'expose à vos yeux les tristes images de la Religion, & de la Patrie éplorées. Dans les pertes médiocres, on surprend ainsi la pitié des Auditeurs, & par des mouvemens étudiez, on tire au moins de leurs yeux quelques larmes vaines & forcées. Mais on décrit ſans art, une mort qu'on pleure ſans feinte. Chacun trouve en ſoy la ſource de ſa douleur, & r'ouvre lui-même ſa plaie ; & le cœur, pour être touché, n'a pas beſoin que l'imagination ſoit émeûë.

Peu s'en faut que je n'interrompe ici mon diſcours. Je me trouble, MESSIEURS; TURENNE meurt, tout ſe confond ; la Fortune chancele, la Victoire ſe laſſe, la Paix s'éloigne, les bonnes intentions des Alliez ſe rallentiſſent, le courage des troupes eſt abbatu par la douleur, & ranimé par la vengeance ; tout le Camp demeure immobile ; les bleſſez penſent à la perte qu'ils ont faite, & non pas aux bleſsûres qu'ils ont receûës. Les peres mourans envoient leurs fils pleurer ſur leur Général mort ; l'Armée en deüil eſt occupée à lui rendre les devoirs funébres ; & la Renommée, qui ſe plaît à répandre dans l'univers les accidens extraordinaires, va remplir toute l'Europe du recit glorieux de la vie de ce Prince, & du triſte regret de ſa mort.

Que de ſoûpirs alors, que de plaintes, que de loüanges retentiſſent dans les villes, dans la campagne ! L'un voyant croître ſes moiſſons, benit la mémoire de celui à qui il doit l'eſpérance de ſa récolte. L'autre, qui joüit encore en repos de l'héritage qu'il a receû de ſes Peres, ſouhaite une éternelle paix à celui qui l'a ſauvé des deſordres & des cruautez de la guerre. Ici l'on offre le Sacrifice adorable de JESUS-CHRIST pour l'ame de celui qui a ſacrifié ſa vie & ſon ſang pour le bien public. Là on lui dreſſe une pompe funébre, où l'on s'attendoit de lui dreſſer un triomphe. Chacun choiſit l'endroit qui lui paroît le plus éclatant dans une ſi belle vie. Tous entreprennent ſon éloge ; & chacun s'interrompant lui-même par ſes ſoûpirs, & par ſes larmes, admire le paſſé, regrete le preſent, & tremble pour l'avenir. Ainſi tout le Royaume pleure la mort de ſon défenſeur ; & la perte d'un homme ſeul eſt une calamité publique.

Pourquoy, mon Dieu, ſi j'oſe répandre mon ame en vôtre preſence, & parler à vous, moy qui ne ſuis que pouſſiére &

que cendre ; pourquoy le perdons-nous dans la neceſſité la plus preſſante, au milieu de ſes grands exploits, au plus haut point de ſa valeur, dans la maturité de ſa ſageſſe ? Eſt-ce qu'aprés tant d'actions dignes de l'immortalité, il n'avoit plus rien de mortel à faire ? Ce temps étoit-il arrivé, où il devoit recueïllir le fruit de tant de vertus chrétiennes, & recevoir de vous la couronne de juſtice, que vous gardez à ceux qui ont fourni une glorieuſe carriére ? Peut-être avions-nous mis en lui trop de confiance ; & vous nous défendez dans vos Ecritures de nous faire un bras de chair, & de nous confier aux enfans des hommes.

Paralip. l. 2. c. 32.

Peut-être eſt-ce une punition de nôtre orgueïl, de nôtre ambition, de nos injuſtices. Comme il s'éleve du fond des valées, des vapeurs groſſiéres, dont ſe forme la foudre, qui tombe ſur les montagnes ; il ſort du cœur des peuples des iniquitez, dont vous déchargez les châtimens ſur la teſte de ceux qui les gouvernent, ou qui les défendent. Je ne viens pas, Seigneur, ſonder les abîmes de vos jugemens, ni découvrir ces reſſors ſecrets & inviſibles, qui font agir vôtre miséricorde, ou vôtre justice; je ne veux, & ne dois que les adorer. Mais vous estes juste; vous nous affligez; & dans un siécle aussi corrompu que le nôtre, nous ne devons chercher ailleurs, que dans le déréglement de nos mœurs, toutes les causes de nos miséres.

Tirons donc, MESSIEURS, tirons de nôtre douleur des motifs de penitence, & ne cherchons qu'en la piété de ce grand Homme de vraies & solides consolations. Citoyens, Etrangers, Ennemis, Peuples, Rois, Empereurs le plaignent, & le révérent; mais que peuvent-ils contribuër à son véritable bonheur? Son Roy même, & quel Roy, l'honore de ses regrets & de ses larmes: grande & précieuse marque de tendresse & d'estime pour un sujet, mais inutile pour un Chrétien. Il vivra, je l'avoûë, dans l'esprit & dans la mémoire des
hommes; mais l'Ecriture m'aprend que ce Psal. 93.
que l'homme pense, & l'homme lui-même, Psal. 38.
n'est que vanité. Un magnifique tombeau renfermera ses tristes dépoüilles; mais il sortira de ce superbe monument, non pour être loüé de ses exploits héroïques, mais

pour être jugé selon ses bonnes ou mauvaises œuvres. Ses cendres seront mêlées avec celles de tant de Rois qui gouvernérent ce Royaume, qu'il a si généreusement défendu : mais aprés tout, que leur reste-t-il à ces Rois, non plus qu'à luy, des applaudissemens du monde, de la foule de leur Cour, de l'éclat & de la pompe de leur fortune, qu'un silence éternel, une solitude affreuse, & une terrible attente des jugemens de Dieu, sous ces marbres précieux qui les couvrent ? Que le monde honore donc comme il voudra les grandeurs humaines ; Dieu seul est la récompense des vertus chrétiennes.

O mort trop soudaine, mais pourtant par la miséricorde du Seigneur depuis long-temps préveûë ! Combien de paroles édifiantes, combien de saints exemples nous as-tu ravis ? Nous eussions veû, quel spectacle ! au milieu des victoires & des triomphes, mourir humblement un Chrétien. Avec quelle attention eût-il employé ses derniers momens à pleurer intérieurement ses erreurs passées, à s'anéantir devant la Majesté de Dieu, & à implorer le secours de son bras, non plus contre des ennemis visibles, mais contre ceux de son salut ! Sa Foi vive & sa Charité fervente nous auroient sans doute touchez, & il nous resteroit un modele d'une confiance sans présomption, d'une crainte sans foiblesse, d'une penitence sans artifice, d'une constance sans affectation, & d'une mort précieuse devant Dieu & devant les hommes.

Ces conjectures ne sont-elles pas justes, MESSIEURS ? que dis-je, conjectures ? c'étoient des desseins formez. Il avoit résolu de vivre aussi saintement, que je présume qu'il fût mort. Prest à jetter toutes ses couronnes au pied du Trône de JESUS-CHRIST, comme ces vainqueurs de l'Apocalypse ; prest à ramasser toute sa gloire, pour s'en dépouiller par une retraite volontaire, il n'étoit déja plus du monde, quoi-que la Providence l'y retint encore. Dans le tumulte des Armées, il s'entretenoit des douces & secrétes espérances de sa solitude. D'une main il foudroyoit les Amalécites, & il levoit déja l'autre pour attirer sur lui les Benédictions celestes. Ce

Apocal. c. 4.

Joſué dans le combat faiſoit déja la fonction de Moïſe ſur la montagne ; & ſous les armes d'un Guerrier, portoit le cœur, & la volonté d'un Pénitent.

Seigneur, qui éclairez les plus ſombres replis de nos conſciences, & qui voiez dans nos plus ſecretes intentions ce qui n'eſt pas encore, comme ce qui eſt, recevez dans le ſein de vôtre gloire cette Ame, qui bientôt n'eût eſté occupée que des penſées de vôtre Eternité. Recevez ces deſirs que vous lui aviez vous-même inſpirez. Le temps lui a manqué, & non pas le courage de les accomplir. Si vous demandez des œuvres avec ſes deſirs ; voilà des charitez qu'il a faites, ou deſtinées pour le ſoulagement & pour le ſalut de ſes freres ; voilà des ames égarées, qu'il a ramenées à vous par ſes aſſiſtances, par ſes conſeils, par ſon exemple ; voilà ce ſang de vôtre peuple, qu'il a tant de fois épargné ; voilà ce ſang qu'il a ſi généreuſement répandu pour nous ; & pour dire encore plus, voilà le Sang que JESUS-CHRIST a verſé pour lui.

Miniſtres du Seigneur, achevez le ſaint

Sacrifice. Chrétiens, redoublez vos vœux, & vos priéres; afin que Dieu, pour récompenſe de ſes travaux, l'admette dans le ſéjour du repos éternel, & donne dans le Ciel une paix ſans fin, à celui qui nous en a trois fois procuré une ſur la terre, paſſagére à la verité, mais toûjours douce, & toûjours deſirable.

Extrait du Privilege du Roy.

PAR Lettres Patentes du Roy données à Saint Germain en Laye le 22. Janvier 1676. signées FERET, & scellées du grand Sceau de cire jaune, il est permis à Monsieur l'Abbé FLECHIER de l'Académie Françoise, de faire imprimer, durant dix années, par tel Imprimeur qu'il voudra, *l'Oraison Funébre de tres-haut & tres-puissant Prince, Henri de la Tour-d'Auvergne, Vicomte de Turenne*, qu'il a prononcée en l'Eglise de Saint Eustache le 10. Janvier de la même année. Avec defenses à toutes personnes, &c.

Et Monsieur l'Abbé Fléchier a cedé le Privilege cy-dessus à Sebastien Mabre-Cramoisy, Imprimeur du Roy, & Directeur de l'Imprimerie Royale du Louvre.

Enregistré sur le Livre des Imprimeurs & Libraires de Paris le 30. Janvier 1676. Signé, D. THIERRY, Sindic.

www.ingramcontent.com/pod-product-compliance
Ingram Content Group UK Ltd.
Pitfield, Milton Keynes, MK11 3LW, UK
UKHW022140190726
13855UKWH00003B/1253

9 782013 077415